Este libro le pertenece a

_____

WALT DISNEY'S

Blanca Nieves
y los siete enanos

UN CUENTO CONTADO

Adaptado por Liza Baker • Traducido por Susana Pasternac

MOUSE WORKS

¡Encuéntrenos en www.DisneyBooks.com para más diversión de Mouse Works!

Copyright © 1999 Disney Enterprises, Inc.
Impreso en los Estados Unidos de América.
ISBN: 0-7364-0137-7 (Tapa dura) ISBN: 0-7364-0131-8 (Tapa suave)

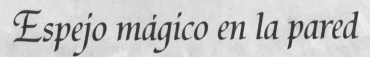

Espejo mágico en la pared

Había una vez una hermosa princesa llamada BlancaNieves. Su malvada madrastra, la reina, le envidiaba su belleza y la hacía vestir harapos y trabajar todo el día.

-Espejo, dime una cosa ¿quién en este reino es la más hermosa? -preguntaba la reina todos los días.

-Tú eres la más bella -contestaba siempre el espejo. Pero un día . . .

-Veo una hermosa doncella, que es bella entre las bellas -contestó el espejo.

-¡BlancaNieves! -gruñó la reina.

En ese momento, BlancaNieves cantaba en el patio mientras trabajaba.

Un apuesto príncipe que pasaba a caballo escuchó su hermosa voz y trepó el muro del castillo para verla. BlancaNieves, sorprendida, corrió a refugiarse en su balcón.

7

Al pie del balcón, el príncipe le cantó una canción. BlancaNieves lo escuchaba, feliz, sin darse cuenta que la reina los miraba.

Llena de celos, la reina llamó a uno de sus cazadores y le ordenó:

-Lleva a BlancaNieves al bosque. Tráeme su corazón en este cofre.

El cazador llevó a BlancaNieves a un lugar
apartado del bosque, pero no pudo hacerle daño.
  -No puedo hacer lo que la Reina me ordena
-dijo, llorando-. ¡Corre niña, huye y no vuelvas
nunca más!

14

BlancaNieves huyó hacia el bosque. Mientras corría, sentía que miles de ojos la miraban. Hasta los árboles parecían querer atraparla.

Sin saber adónde ir, se echó al suelo a llorar.

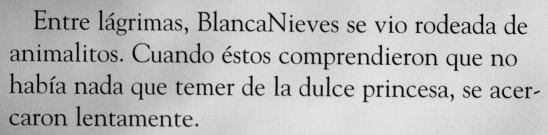

Entre lágrimas, BlancaNieves se vio rodeada de animalitos. Cuando éstos comprendieron que no había nada que temer de la dulce princesa, se acercaron lentamente.

-Necesito un lugar donde dormir -les dijo BlancaNieves-. ¿Saben dónde puedo quedarme?

Los amables animalitos la llevaron hasta una cabaña en medio del bosque.

-¡Parece una casita de muñecas! -dijo BlancaNieves acercándose y llamando a la puerta.

-¿Permiso, puedo entrar? -preguntó, con un pie en el umbral.

La cabaña estaba cubierta de telarañas y polvo. Mientras recorría la casa, BlancaNieves descubrió siete sillitas y siete camitas.

-¡Aquí deben vivir siete niños! ¡Limpiaré la casa y quizá así me dejen quedar!

21

Los siete enanos

Cerca de allí, los siete enanos dueños de la casa estaban muy ocupados trabajando en una mina en busca de diamantes.

A las cinco de la tarde se prepararon para volver a casa. Doc iba al frente seguido de Gruñón, Feliz, Dormilón, Estornudo, Tímido y Tontín. Iban por el bosque cantando y silbando.

24

Cuando los enanos llegaron a la cabaña, las luces estaban encendidas. ¡Alguien estaba en la casa! Entraron con cautela y en puntillas subieron al segundo piso. Allí, cubierta de mantas, encontraron a BlancaNieves profundamente dormida.

-¡Un monstruo! -susurró uno de los enanos.

-Pero, ¡si es una niña! -exclamó Doc al acercarse.

-¡Qué feúcha es! -dijo Estornudo.

En eso, BlancaNieves se sentó.

-¿Cómo están? -dijo, alegremente.

Les contó quién era y lo que la malvada reina había planeado hacerle.

-No me echen, por favor -suplicó.

-Si me dejan quedar, cocinaré, coseré, y limpiaré -prometió BlancaNieves.

-¡Hurra! -gritaron los enanos-, ¡que se quede!

La princesa, muy contenta, se fue a la cocina a preparar la cena.

Los enanos bajaron corriendo a comer, pero . . .
   -La cena no está lista. Tienen tiempo de lavarse
-les dijo BlancaNieves.
   -¿Lavarnos? -exclamaron los enanos, asombrados.

Pronto todos los enanos, menos uno, salieron a lavarse.

-No hay quien me obligue a lavarme -dijo Gruñón.

Pero los demás enanos se abalanzaron sobre él, lo metieron en la tina y lo lavaron hasta que quedó reluciente.

-Me las pagarán -protestaba Gruñón.

Mientras tanto, en el castillo . . .
    -Dime, espejo, una cosa, ¿quién es en este reino la más hermosa? -le preguntó la reina al espejo.
    -BlancaNieves -contestó el espejo, y le dijo a la furiosa reina dónde estaba escondida la princesa.

36

-Con un mordisco de esta manzana, BlancaNieves se envenenará y cerrará los ojos para siempre -rió la reina, ahora disfrazada de vieja pordiosera.

Lo único que podía curar ese horrible hechizo era un beso de amor.

Sin saber lo que tramaba la reina, BlancaNieves y los enanos cantaron y bailaron toda la noche.

-¡Qué divertido! -dijo la princesa-, ¡pero ya es hora de dormir! Buenas noches y que duerman bien.

-Tú también -dijeron los enanos, muertos de sueño.

A la mañana siguiente, cuando los enanos se iban a la mina, BlancaNieves se despidió de ellos con un beso para cada uno.

—La Reina es muy astuta. No dejes entrar a nadie —le advirtió Doc a la princesa.

42

El sueño hechizado

Escondida entre los árboles, la reina vio partir a los enanos y muy despacito se acercó a la cabaña.

BlancaNieves se sobresaltó al ver a la vieja mujer en la ventana, pero no supo que era su madrastra.

-¿Estás sola, querida? -preguntó la anciana, ofreciéndole la manzana envenenada-. Vamos, pruébala.

Unos pajaritos que estaban por ahí reconocieron a la malvada reina y la atacaron. Mas BlancaNieves sintió lástima por la anciana y la dejó entrar en la cabaña.

Presintiendo el peligro, los animales del bosque
corrieron a prevenir a los enanos. Pero ya era
demasiado tarde.

¡BlancaNieves había mordido la manzana
envenenada!

BlancaNieves cayó al suelo.

-Y ahora, ¿quién es la más hermosa? -cacareó la reina-. ¡Yo seré la más hermosa del reino!

Mientras la bruja huía, se desató una gran tempestad.

Pero antes de que pudiera escapar, los enanos y los animales del bosque se lanzaron tras ella.

-Allá va -gritaba Gruñón-. ¡Atrapémosla!

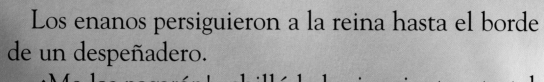

Los enanos persiguieron a la reina hasta el borde de un despeñadero.

-¡Me las pagarán! -chilló la bruja mientras trataba de hacer rodar una enorme piedra sobre los enanos.

Pero un relámpago cayó sobre el risco donde estaba la reina.

La roca se desprendió bajo sus pies y la malvada reina cayó al abismo.

Acongojados, los enanos construyeron un ataúd de cristal para BlancaNieves y montaron guardia día y noche, hasta el día en que apareció un príncipe a caballo.

El príncipe había buscado a la bella princesa por tierra y por mar.

Pero había llegado muy tarde. Con gran pena, le dio a BlancaNieves un beso de adiós.

BlancaNieves abrió los ojos lentamente. El beso del príncipe había roto el hechizo. ¡BlancaNieves estaba viva! Los enanos se abrazaron con alegría.

BlancaNieves les agradeció a los enanos todo lo que habían hecho por ella y les dio a cada uno un beso de despedida.

El príncipe y BlancaNieves se fueron al castillo y vivieron felices para siempre.